旅の日川柳

Tabinohi Senryu

江畑哲男 編著

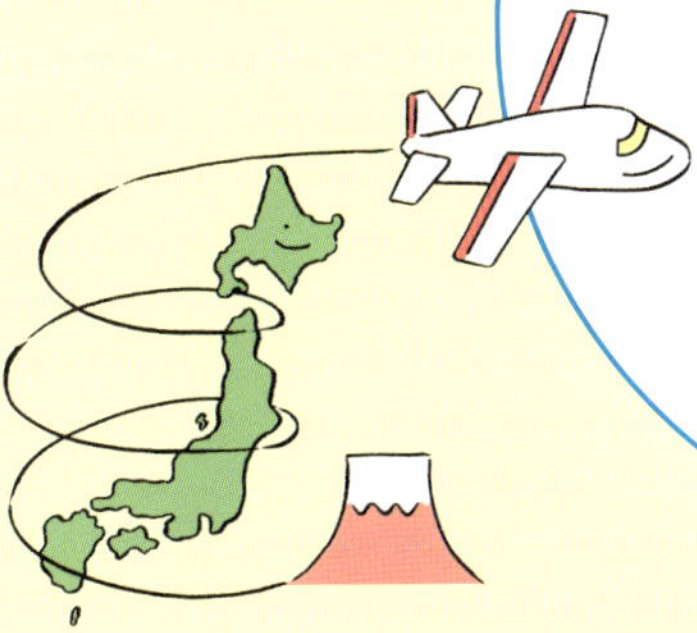

飯塚書店

目次

Ⅰ　出発のとき

元号を二つ跨いだ旅プラン

東京都　田崎　信　71歳　男性

長かった昭和。激動の昭和。戦争と平和、その双方を刻みつけてきた昭和。日本人が一生懸命に生きてきたのも、昭和という時代であった。

その「昭和」から「平成」へバトンタッチされて、早くも三〇年が経った。そして、その「平成」も終わろうとしている。次なる元号は、いったい何になるのだろうか？

「平成」と新元号「〇〇」。この二つの元号を跨《また》ぐことになりそうな旅。そんな旅プランも考えられる。いかにも楽しそう。

タイムリーで、余韻・余情溢れる作品である。一見事実を並べただけのようにも見えるが、その中に喜びが潜んでいる。「いま」でなければ創れない傑作だ。そう、川柳は「いま」を切りとる文芸でもあるのだ。

十年は生きるつもりのパスポート

京都府　福村まこと　72歳　男性

パスポートの有効期限には、五年用と十年用の二種類がある。作者は十年用を申請した。「まだ十年は生きるつもり」だと、自分の気持ちをパスポートに託して言い表した。

電源を切って始まるひとり旅

神奈川県　大宮司和子　64歳　女性

旅に出よう
こんなに空が青いから

千葉県　杉野ふみ子　70歳　女性

文句ナシ！　爽快そのものの一句だ。こういう句に巡りあうと、「旅っていいなぁ～」って、やっぱり思う。旅情がそそられる。

初句の「旅に出よう」という軽い呼びかけ。続いて「こんなに空が青いから」。口語調の柔らかさ、気取りのない素直さに好感度満点。

新しい下着一式 旅の供

千葉県　安川正子　74歳　女性

たしか永六輔さんがラジオでこんな話をしていた。穴の空いたパンツなど古い下着を身につけて行って、旅先で捨てて帰るのだと。旅鞄を軽くするために。旅慣れた人は、皆さんそうしているのだろうか。下着に限らず、野暮は新品を身につけたがる?

旅支度　仕事も家事も圏外よ

大阪府　日野江美　44歳　女性

ごみ出しもチンも教えて旅の空

岡山県　関栄美子　80歳　女性

お先にと譲り合ってる黄泉の旅

千葉県　城内　繁　80歳　男性

死ぬ前の最後の旅も十年目

北海道　本川建志　45歳　男性

人生一〇〇年時代、そう言われ始めたのはごくごく最近。オレもそろそろアブナくなってきた。ここらで最後の旅行とシャレ込むか。と、言いながら一〇年も経ちました。

パスポート10年前の顔を見せ

千葉県　内田信次　70歳　男性

特訓の英語をためすパスポート

千葉県　六斉堂茂雄　75歳　男性

エプロンを脱いで嬉しい旅仕度

秋田県　堀井睦子　79歳　女性

じゅうはちの私に会いに一人旅

千葉県　島田陽子　女性

人はなぜ旅をするのか?、旅に憧れるのか? 見知らぬ土地を訪れ、人や何かに会いたくて旅に出る。筆者などはてっきりそう思っていた。

そうか、自分に会うためなんだ。しかも、じゅうはちの自分に。

オドロキの発見!

16
XX−XX

女子旅行一泊なのに大荷物

岐阜県　田中万愛　15歳　女性

女の子って、そんなに荷物が必要なの？　そう訊きたくもなってしまう。だって、たった一泊の、しかもすぐ近くの観光地なんだぜ。じつに不思議だ。おや？、同性の女の子も同じ感想をお持ちのようで、……。

家出かと見まごう　妻の旅姿

神奈川県　水埜信行　78歳　男性

おっと、訂正。「女の子」だけではなさそうだ。妻の方が、おばさんの方が、大荷物を抱えている。たしかに。

作者は、「家出かと見まがう」と誇張して表現した。その誇張がよい。ユーモラスな誇張は楽しい。

一泊の旅に女房の大荷物

千葉県　山田　明　67歳　男性

旅かばんおんなたっぷり詰めて出る

茨城県　野澤　修　78歳　男性

日程も荷も詰め過ぎぬ旅上手

宮城県　青井美空　女性

面白くねぇ
野郎どうしの旅なんて

千葉県　吉田恵子　女性

「面白くねぇ」と来た。そりゃ、そうでしょ。あたぼうよ。だいいち、それはこっちのセリフだぜ。旅に同行した男は、そう言い返した。

おっと、作者は女性か。野郎の気持の分かる姉御かも知れねぇ。

旅支度　心は君にもう抱かれ

千葉県　杉野ふみ子　68歳　女性

大人の川柳作品である。大人の恋心をベースにして、旅情と抒情あふれる作品に仕上がっている。文句ナシに美しい！

ところで、このテの川柳の場合、とかく「実際の経験かどうか」を詮索する向きがあるが、それはヤボというものであろう。

二人旅　妻の下僕になる覚悟

青森県　加藤健児　59歳　男性

世俗一切
圏外に置いて旅

千葉県　江畑哲男　62歳　男性

いささか理屈っぽい解説を施す。

産業化の進行とともに、人々の多くは生活拠点を都市に求めるようになった。それが近代だ。人は契約によって他者と結ばれ、自己の労働を切り売りして生活を営むようになった。

近代以前は、そうではなかった。人々は村に住まい、家系や因習・伝統を重んじ、窮屈感と閉塞感を伴いながらも、共同体という絆のなかで安らぎ、穏やかに暮らしていた。

近代社会は、「古き悪しき」因習から解き放たれて自己を解放し、自由や自己実現が可能になった一方で、自己の内なる「孤独な自分」と向き合わざるを得なくなった。

現代は、さらに高度な情報通信社会になっている。そこから逃避するには、一時的にしろ「世俗一切」を「圏外に」置くしかない。

掲出句は、指折って数えれば「七五五」の構成になっている。頭でっかちの破調だが、リズムは悪くない。以上、自句自解である。

トロッコに乗るために乗る新幹線

栃木県　高瀬正由　54歳　男性

百人のいいねを求めてひとり旅

兵庫県　安楽悠作　20歳　男性

スマホより性に合ってる紙の地図

東京都　伊藤　拓　36歳　男性

かわいい子だから
旅などさせられぬ

山梨県　加藤当白　39歳　男性

何かと物騒になりつつある世相をチクリと突いた作品。日本の「安全神話」は崩壊しつつあるのか？　そんな昨今を背景にした鋭い一句である。さらに言えば、「可愛い子には旅をさせよ」ということわざをベースにしている。

川柳というのは自由闊達で、かつ変幻自在な文芸だと、つくづく思う。

ＧＰＳ付けて出したい一人旅

東京都　傳田不二男　81歳　男性

年金の範囲で歩く小旅行

茨城県　長谷川茂　82歳　男性

旅プラン立てたが妻に暇がない

千葉県　竹内勝幸　67歳　男性

フルムーンここから先は妻の舵

千葉県　大竹　洋　76歳　男性

付添いと言って出かける親子旅

千葉県　中山由利子　女性

老いの旅　ぼけととぼけを使い分け

千葉県　永井しんじ　82歳　男性

上野駅全て此処から始まった

兵庫県　宗　健　72歳　男性

文句取りも川柳になる。「あ、上野駅」は、昭和三九年（1964）五月に発表された日本の演歌。歌・井沢八郎。歌詞に加えて、台詞もあった。その台詞に泣かされた。

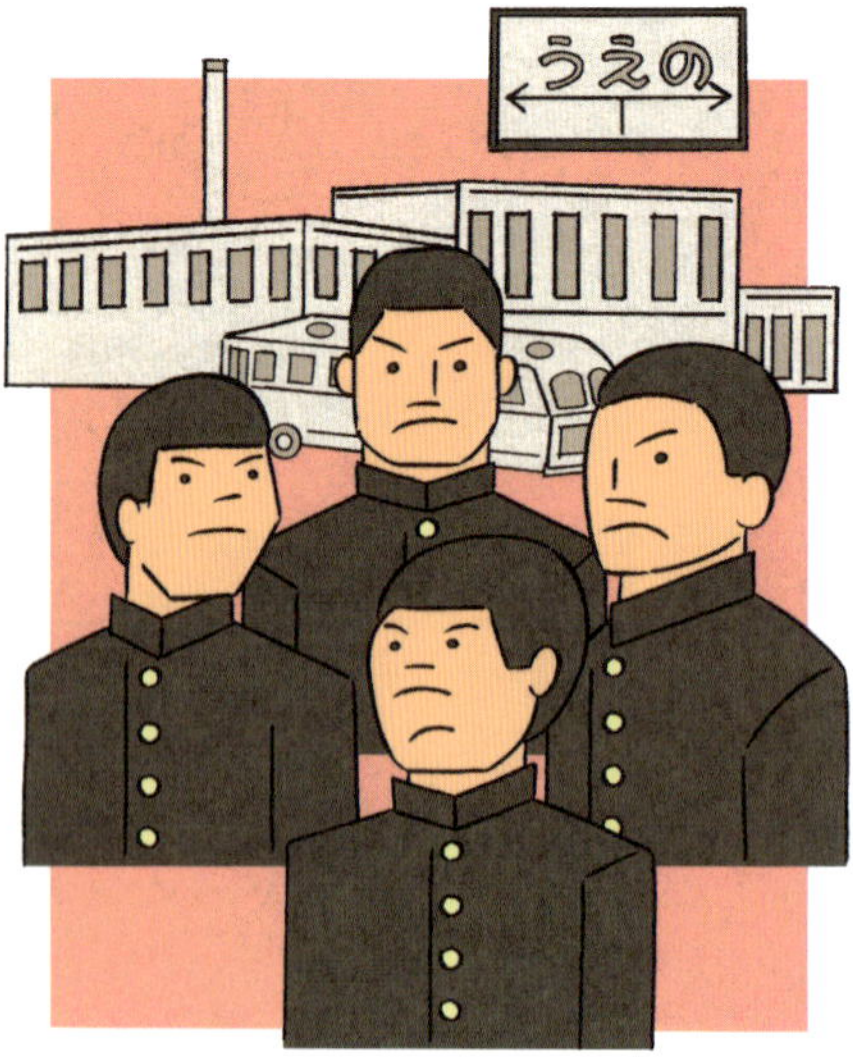

大望を胸に門出の始発駅

千葉県　宮内みの里　76歳　女性

夢一つ抱いて昭和の上野駅

千葉県　熊谷　勇　78歳　男性

品川へ「ああ上野駅」通過させ

千葉県　小川定一　78歳　男性

修学旅行宅配便で手ぶらとか

千葉県　船本庸子　74歳　女性

ご存知でしたか？　修学旅行は今や手ぶらの時代！　沖縄にだって外国にだって、荷物は事前に送っちゃうんだもんね。楽ちん出発なんデス。ホテルも豪華。大部屋に生徒を詰め込んだ、なんていうのは昭和の話。ハネムーン客も宿泊するようなチョー豪華ホテルの小部屋に、二〜三人ずつが割り当てられる、のだそうな。

えっ、伝統のセレモニー「枕投げ」はどうなったか？　だって。某女生徒曰く、各個室からそれぞれ枕を持ち寄って、一つの部屋に集まり、「せぇの」で始まったらしい。伝統行事は生きていた!?

……そんなエピソードを聞くにつけ、おじさんたちは妙に安心をしたのです（笑）。

納税をしたふるさとに旅をする

兵庫県　中村　豊　男性

家事休み食べ放題のバスツアー

大阪府　市川ひろみ　女性

日帰りツアー足湯で済ます厚化粧

千葉県　上田正義　77歳　男性

青春切符
体力だけはあった頃

千葉県　藤田光宏　79歳　男性

そうそう、そうだったなぁ〜。

体力はあった。時間もあった。気の置けない仲間もいた。そして、金だけがなかった。だから、鈍行が好きだった。そんな自分が、今や便利さだけを求めている……。

新幹線開業カニが身構える

千葉県　船本庸子　74歳　女性

デパ地下で巡る日本のグルメ旅

山口県　小林亜双　72歳　男性

思秋期を青春にする旅の空

埼玉県　遠藤陽子　47歳　女性

もてなしが過ぎてゆとりのないツアー

茨城県　谷藤美智子　女性

グリーン車の旅費　普通車で浮かす悪

千葉県　増田幸一　91歳　男性

セコイねぇ、このおっさん。ムカシは、こんなことをみんなやっていたんだろうね、きっと。浮かした旅費でナニする？　ちょっとだけ旅の夜を贅沢に……。まぁ、カラ出張よりはマシかも!?

張り込みの駅を見ている青い月

千葉県　老沼正一　80歳　男性

松本清張の小説に出てきそうな一場面。作者の描写力にご注目あれ。犯人は必ずやってくる。そう信じて、刑事は張り込みを続ける。夜の帳にすっかり包まれて、駅周辺は静まりかえっている。その駅を、青い月が高い空から見下ろしている。あたかも、刑事の視線と重なるがごとくに。

大丈夫だろうか妻と二人旅

東京都　倉　一芳　55歳　男性

一人旅できる頃には歩けない

京都府　長谷川進　70歳　男性

シビアな一句。たしかにそのとおり。身につまされる。元気なうちに、歩けるうちに、あそこに行こう、ここにも行こう。中高年になると誰しもが思うことだ。ユーモア（笑い）だけが川柳ではない。川柳はペーソス（哀感）をも取り込むことができるのだ。

たんぽぽの綿毛 無言で旅に出る

千葉県　山田とし子　88歳　女性

メルヘンです。ほっとします。忙しい毎日を生きているると、たんぽぽの綿毛になりたくなってしまう。たんぽぽの綿毛になって、どこへいこうか？

そんな感情移入ができるのは、詩の世界と旅の世界ぐらいかな〜。

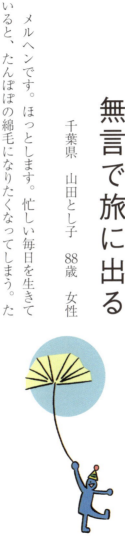

Ⅱ 旅の途中

なんちゃって俳人になる旅の空

岐阜県　太田りよ　46歳　女性

「なんちゃって俳人」の「なんちゃって」が、メッチャいい！　このフレーズが何ともユニークで、センス抜群。

念のため余計な解説をすれば、「なんちゃって」は、「冗談、本心や本物ではない」という意味である。さらには、あたかも連体詞のように「本物・本気ではなく、偽物（の）」という意味を込めて、若者を中心に使われている形容である。制服のようであって実際には学校の制服とは違うスカートを、女子高生たちは「なんちゃって制服」などと呼ぶ。連体詞的な使用法の典型であろう。

作者はこの若者風言い回しを利用して作品化した。ホンモノの俳人ではないけれど、俳人になった気分で旅をしているというのだ。

団体のガイドこっそり付いて行く

埼玉県　石川和巳　61歳　男性

バスツアー
起きているのは
ガイドだけ

奈良県　澤山よう子　80歳　女性

見たようなガイドの嘘も聞くツアー

千葉県　増田幸一　91歳　男性

出なくともトイレに並ぶバス旅行

埼玉県　梅村　仁　男性

バスツアー何時も時間に来ない人

千葉県　髙橋もえぎ　77歳　女性

フルムーンハネムーンより景色見え

福島県　橋本善男　66歳　男性

二日目は口数の減るフルムーン

埼玉県　鎌田ちどり　64歳　女性

病み上がり妻の歩幅で巡る寺社

茨城県　高橋　済　75歳　男性

そだねーとやけに素直な旅の妻

新潟県　大久保光子　女性

「そだねー」は、平成三〇年の流行語大賞。久々にほのぼのとするフレーズが大賞に輝いた。「そだねー」と妻が返してくれたら、旅行中の喧嘩なんてなくなるはず。えっ?、夫の方こそ「そーだね」と言うべき、だって。失礼しました。

窓側の席を取っても寝てばかり

千葉県　佐藤邦道　60歳　男性

チップ代嬉しげに置く初海外

徳島県　兼平満実子　24歳　女性

お若い作者。勢いを感じる。「嬉しげに置く」という句語に、実感が出ている。思い出しますねぇ、初の海外旅行を。気の弱い中高年は、チップをいつ渡したらよいか、ドギマギしておりました。そうです、渡すべきものはさっさと渡す。コレで行きましょう。

ボンジュールとメルシイ旅に花咲かせ

千葉県　上西義郎　79歳　男性

ちょっと飲みほとんど寝てるバスツアー

大分県　高木遊楽　70歳　男性

川柳です。いかにも川柳。こういうコントラスト（対比）に着目できたのが、作者のお手柄です。

目が覚めたら、いったいココはどこ？　まるでミステリーツアーのようだ。

よくもまあ食うわ喋るわバスツアー

秋田県　吉田勝春　67歳　男性

「ありがとう」何度言うやら老いの旅

大阪府　清岡千恵子　71歳　女性

駅弁の中身分け合う老いの旅

富山県　飯村清志　78歳　男性

旅に出て駅弁ファースト景色見ず

奈良県　嶋田　眞　71歳　男性

ブログ用
名所も料理も
まずスマホ

大分県　児玉純子　57歳　女性

弁当をしだれ桜に覗かれる

広島県　三木ともこ　34歳　女性

考えた旅程もどこへいったやら

新潟県　藤石　碧　27歳　男性

おっくうが来て良かったに変わる旅

奈良県　柏みち子　70歳　女性

お使いで小さな旅をちょっとさせ

岡山県　仙田耕一　69歳　男性

博識の父がスターの古寺めぐり

大阪府　原理恵子　57歳　女性

車窓よりレール見詰める北の旅

茨城県　鈴木広路　74歳　男性

穴場の地インバウンドに教えられ

長野県　伊東慶子　48歳　女性

※インバウンド　訪日外国人旅行客

親子旅　親子の会話弾ませる

千葉県　塔ヶ崎咲智子　女性

お伊勢まいり　子らに誘われ心旅

千葉県　白石昌夫　83歳　男性

幸せの行方訪ねる今日の旅

千葉県　窪田　達　72歳　男性

ちっぽけな自分に出合う一人旅

埼玉県　鎌田ちどり　64歳　女性

少年のカオ取り戻すひとり旅

千葉県　折原あつじ　男性

自撮り棒だけが伴侶の一人旅

神奈川県　伊丹いるか　64歳　男性

一人旅
違う自分が
ついて来る

茨城県　海老原順子　63歳　女性

ストレスの捨て場を探す一人旅

千葉県　小林洋子　女性

旅行中気付けば私なまってる

岐阜県　加藤万弥　16歳　女性

贅沢にローカル線の旅をゆく

千葉県　中山由利子　女性

石段に
試されている
寺社巡り

富山県　岡野　満　62歳　男性

ふるさとをつまみ喰いする道の駅

千葉県　鶴岡　満　69歳　男性

新鮮な真心を売る道の駅

東京都　小山一湖　77歳　男性

富士山に居座る雲とにらめっこ

東京都　大倉朋子　55歳　女性

お取り寄せしたいな旅のあの空気

北海道　本宮多佳子　51歳　女性

食べログが旅のルートへ口挟む
埼玉県　岩澤節子　59歳　女性

スマホには頼らずあえて迷い旅
東京都　伊藤　拓　36歳　男性

旅行けばどこもソーラーパネルなり
千葉県　月岡サチヨ　女性

景色より
見ちゃってるかも
君の顔

埼玉県　仲川暁実　21歳　女性

旅めぐり妻が元気をひとり占め

宮崎県　和田　勉　84歳　男性

ツアー旅夫婦わかれて趣味の道

岡山県　横田吉弘　71歳　男性

仲の良い夫婦に映るバス旅行

富山県　飯村清志　78歳　男性

旅の空　私を一枚脱ぎ捨てて

京都府　みなみまり　女性

「私を一枚」が巧い。文芸の香り豊かなフレーズになっている。続く「脱ぎ捨てて」がさらに良い。「脱ぎ捨てて、……」と言いさして終わっているから、上五の「旅の空」に戻っていく。そう、人は何かを脱ぎ捨てて、旅に出て行くのである。

客は皆　同志となって空の旅

千葉県　高橋武義　男性

新幹線は別々に乗る忍ぶ恋

千葉県　上田正義　77歳　男性

ぶらり旅妻が独りにしてくれぬ

岐阜県　加藤友三郎　85歳　男性

鉄ちゃんが眠らずに乗る寝台車

神奈川県　吉谷　稔　63歳　男性

まばたきがもったいないと思う旅

鳥取県　門脇かずお　60歳　男性

ちがう駅ちがう自分が歩き出す

広島県　和田紀元　77歳　男性

車窓と遊ぶ　ひま人のゆるり旅

千葉県　鈴木みつ子　62歳　女性

別館にばかりお泊りするツアー

茨城県　新井季代子　67歳　女性

一すじのわだち芭蕉の旅手形

神奈川県　やまぐち珠美　女性

西行に芭蕉に出会う花の旅

北海道　藤林正則　62歳　男性

はやぶさ2　旅立つ52億キロ

千葉県　石井太喜男　男性

冥王星
銀河鉄道停車駅

千葉県　山本万作　男性

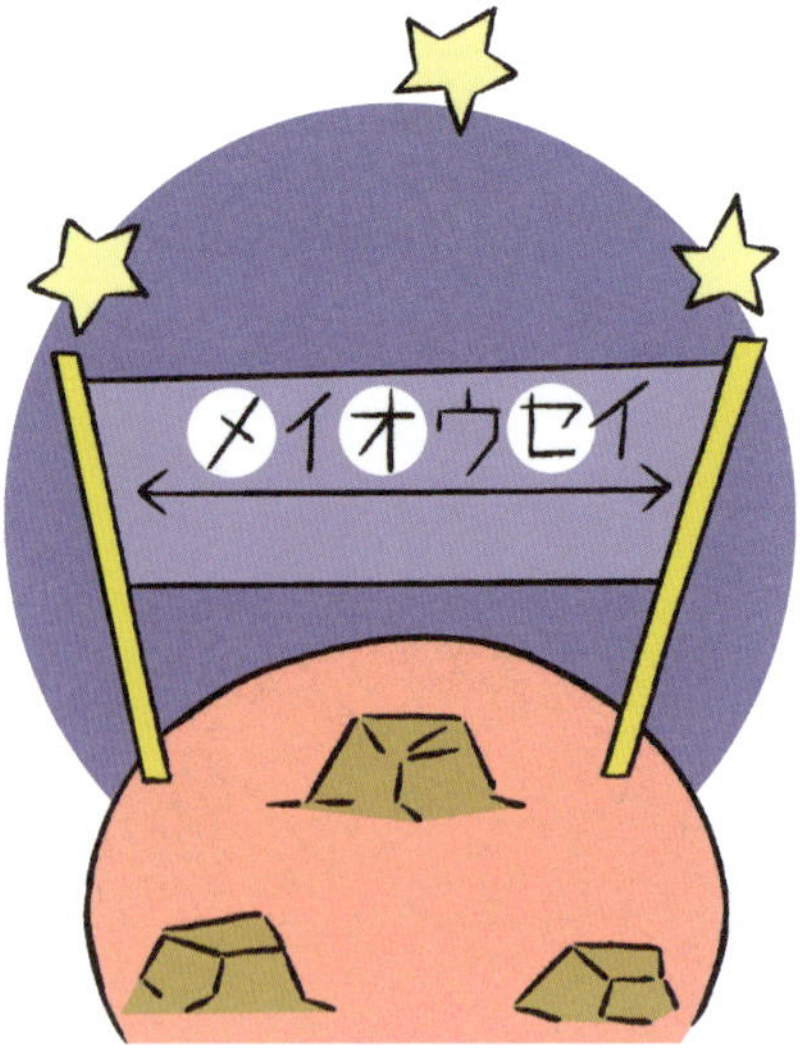

Ⅲ　旅の味わい

せっかくの景色さえぎる自撮り棒

東京都　石川　昇　63歳　男性

写真ではわからぬ宿のおもてなし

大阪府　古田几城　61歳　男性

完食後気づく写真のとり忘れ

北海道　三崎奈美子　33歳　女性

名物を聞けばゆるキャラ教えられ

大阪府　夏田素直　79歳　男性

いま「日本」が注目されている。災害時に於ける日本人の我慢強さや、話題をさらったアベノミクスではない。むろんそれらも関心事の一つではあろうが、いわゆる「サブカルチャー」と呼ばれる日本文化がブームを巻き起こして久しい。マンガやアニメ、フィギュアにゲーム、ゆるキャラ、等々。癒し系の「ほんわか・やんわり文化」がモテモテなのだ。

たとえばクールＪＡＰＡＮを紹介する海外の雑誌では、「ゆるキャラ」などを興味深く、楽しげに取り扱っている。日本国内でもこうした「癒し系文化」が老若男女に受けているのは、皆さんご承知のことだろう。

マンガを侮っていた時代は終わった!?

旅先で
いつものコンビニ
探してる

群馬県　杉原大介　43歳　男性

胃袋に時々させる世界旅

千葉県　川崎信彰　79歳　男性

主語が「胃袋」になっている。そこがミソ。その胃袋に世界旅をさせるのだ、という。ウソつけ！　自分が行きたかった、食べたかったくせに（笑）。このとぼけた言い回し。これが出来るのも川柳の魅力である。

もてなしが過ぎて肩凝る旅の宿

富山県　岡野　満　62歳　男性

人間とは勝手なもの。行き届いたおもてなしを求める一方で、それがあんまり行き届きすぎていると逆に肩が凝ってしまう、とな。そんな心理を巧みに突いた。

旅先の財布はいつも太っ腹

千葉県　後藤華泉　70歳　女性

十畳の部屋持て余すふたり旅

兵庫県　宮田賢三　79歳　男性

チャンネルがいつもと違う旅の朝

千葉県　江畑哲男　62歳　男性

日本語が遠慮している景勝地

大阪府　藤田晴美　56歳　女性

例えば、東京は浅草・浅草寺前。いつ行っても、着物姿の外国人観光客で溢れている。例えば、大阪は道頓堀。グリコの巨大なネオンサインで有名な観光スポットだが、今や日本人より外国人の姿が目立つほどだ。

ことほど左様に増えた外国人観光客。どこに行っても、外国人の姿を見かけないことはない。ここ一〇年の変化はすさまじい。それはそれで喜ばしいことなのだが、他者に気を遣い、ついつい遠慮しがちなのが私たちの行動スタイルだ。喧しい外国語が飛び交うなか、旅情に浸ろうとしたのに気分を害した、迷惑を蒙ったのかも知れぬ。

そこを作者は、「日本人が遠慮している」ではなく、「日本語が遠慮している」と表現した。じつにお見事。

京都奈良
日本の人も歩いてる

神奈川県　佐々木恭司　71歳　男性

あれっ?、日本人がいた!? ナニしてる? 歩ってる。当たり前ですよ、ココは日本なんですから。「日本の人も歩いてる」という逆転の発想が面白い。

外国語混浴してる温泉地

大分県　坂本洋一　56歳　男性

外国人が増えました。温泉に入るガイジンさんの姿も珍しくなくなりました。マナーも良くなったようです。言語的にも多国籍になって、「外国語」と「混浴」していま す。

日本語がたまに聞こえる行楽地

静岡県　真中　通　男性

Wonderful!
Amazing!
わあ!
Beautiful!

多国語を読み分ける神　ゆれる絵馬

神奈川県　有村一花　36歳　女性

円安に爆買いに来た旅の人

千葉県　大塚すきま風　73歳　男性

ゆるキャラが汗水たらす歴史町

愛知県　浦田弓子　59歳　女性

月の数
数えてみよと
千枚田

神奈川県　大宮司和子　64歳　女性

旅先で特売品を見てる母

兵庫県　赤田愛優美　14歳　女性

「ある、ある」と思わず膝を打ちたくなる一句。特売品の表示を見ただけで、母は一変する。「何もさぁ、旅先に来てまで特売品を漁る必要はないんじゃないない（笑）？」と、母親の行動を見つめる中学生。素直で、思いやりのある視線だ。

旅の宿こんなに笑う父と知る

愛知県　江本豊美　47歳　女性

慣れぬ旅オートロックに閉め出され

千葉県　高塚英雄　78歳　男性

格差あり隣のツアー蟹鮑

千葉県　船本庸子　74歳　女性

いつも飲む薬もうまし宿の白湯

愛知県　斎藤　正　49歳　男性

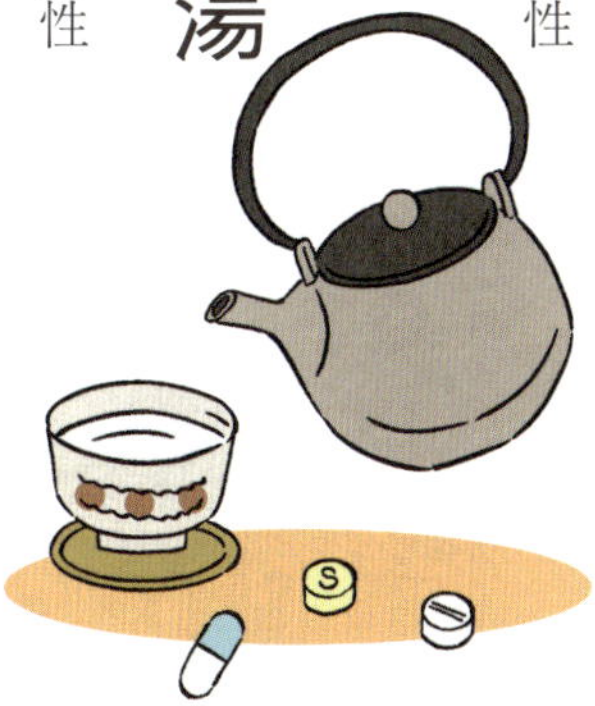

無人

旅人がこれほどいても無人駅

宮城県　村上誼晃　77歳　男性

ほほうっ、そうですか。そういうこともあるのでしょうか？　でもでも、もしかして無人駅を売り物にしている、なんてことも考えられませんか？　えっ、ちょっと穿ち過ぎ？

木枯らしがお帰りと言う無人駅

埼玉県　髙山月ヱ　71歳　女性

のどかさに免じておこう無人駅

千葉県　中沢広子　73最　女性

方言で勧め上手な土産店

富山県　岡野　満　62歳　男性

旅の湯はカランコロンがよく似合い

滋賀県　西大路湖山人　50歳　男性

留守番のポチが気になる旅の宿

茨城県　江崎紫峰　67歳　男性

残念な和食に出会う異国旅

千葉県　伏尾圭子　女性

旅も三日目になると、ごくごくフツーの食事がしたくなる。海外旅行の場合は、とくにそうだ。そんな時に、「日本食」の看板を見つけた。入ってみた。食べてみた。えっ、コレがお寿司？　コレが天ぷら？　ガッカリ。そんな経験もあったっけ。

ウミネコが見上げる高い防潮堤

奈良県　堀ノ内和夫　70歳　男性

お帰りと待ってたような鄙《ひな》の街

東京都　井上　栄　69歳　男性

神様のサインをねだる朱印帳

東京都　いしだあや　28歳　女性

三人旅勘定書の置きどころ

千葉県　中澤　巌　74歳　男性

土地柄が漬物に出る定食屋

宮城県　佐藤邦彦　51歳　男性

一人寝の旅には月がよく似合う

兵庫県　渡辺誠男　74歳　男性

旅先で演じてしまういい女

茨城県　山田とまと　65歳　女性

もち肌を秘湯に沈めひとり旅

千葉県　永井しんじ　82歳　男性

「ご当地」と「限定品」を買い漁り

神奈川県　加藤望美　女性

別腹の別腹があるグルメ旅

大阪府　横尾伸子　47歳　女性

「別腹の別腹」、ココがミソ。同じ言葉の繰り返し（畳語）で、雰囲気を出している。そうそう、ついつい食べ過ぎちゃうのです。まっいっか、グルメ旅の今日だけは。

旅すれば
意外と日本は
狭くない

東京都　川津中　28歳　男性

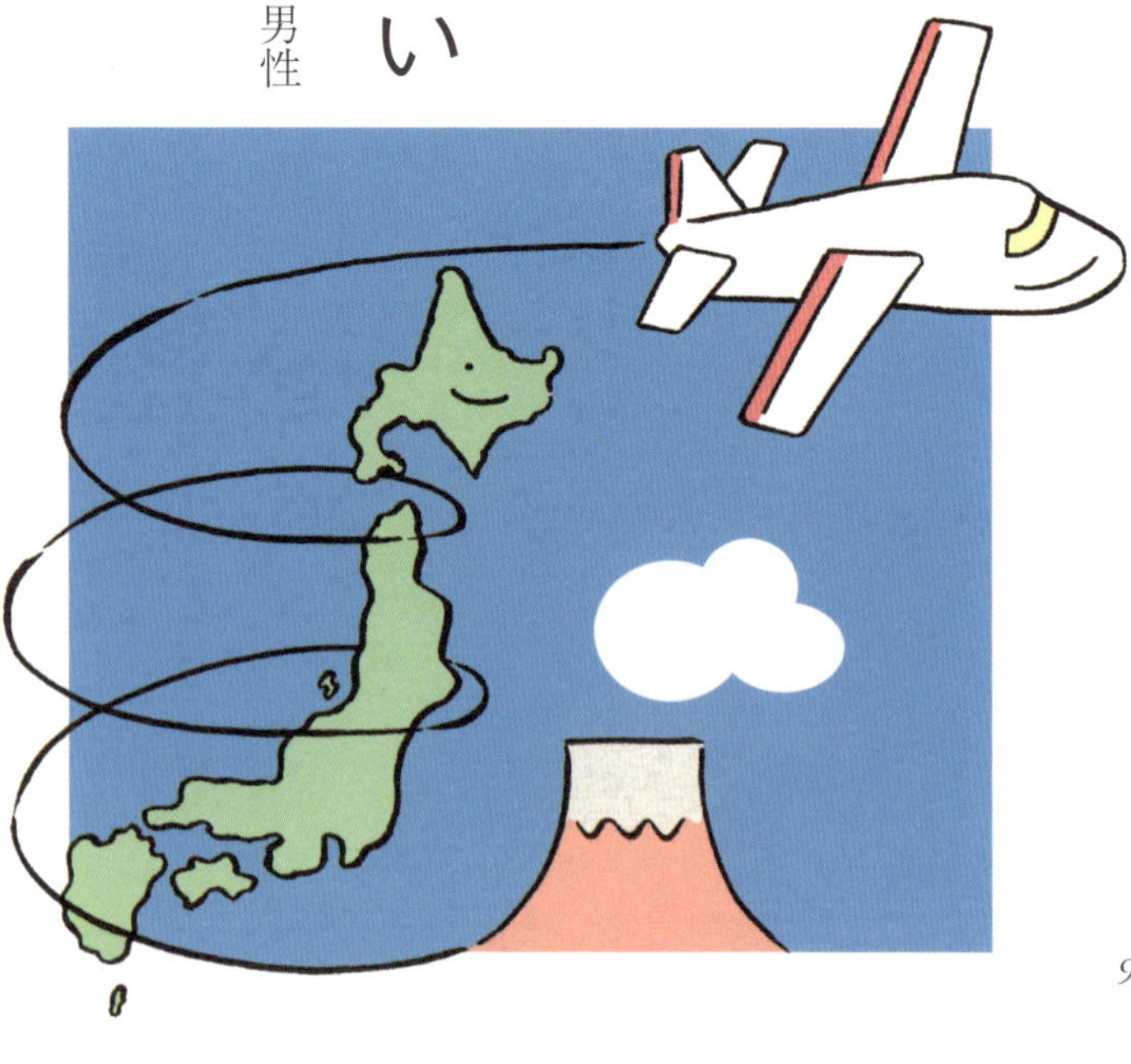

ん10歳若返ってる旅の宿

愛知県　田中綾子　77歳　女性

チャン付けではしゃぐ還暦旅の宿

埼玉県　山上直子　60歳　女性

飲むときは「○○ちゃん」。テンションが上がると「△△チャン」。旅のテンションは大いに上がって、還暦のわが身を忘れての大はしゃぎ。翌朝目覚めて、「ふうっ〜」。

Ⅳ

帰路―旅を想う

もう一日欲しいと思う旅終わる

千葉県　六斉堂茂雄　75歳　男性

いい旅でした青空へ感謝状

千葉県　伏尾圭子　女性

ランランで行ってヨタヨタ帰る旅

千葉県　長谷川庄二郎　80歳　男性

運転手以外は眠る旅帰り

兵庫県　川崎楽水　14歳　女性

誰もが経験したこと。最初に妻が眠り、やがて子ども達も寝てしまう。順序が逆の場合もあるが、いずれにしろ孤独なドライバーは父だ。お喋りもできず、大声で歌うことも叶わない。ひたすらハンドルを握り続けて、安全運転に徹する。行きはよいよい、帰りは眠い。

好奇心味方につけて旅を終え

愛媛県　下村勝俊　男性

ばあちゃんが旅で元気を持ち帰り

福井県　佐々木よしえ　68歳　女性

婆ちゃんがモダンガールになった旅

広島県　得能義孝　74歳　男性

ハプニングみやげ話がまたひとつ

京都府　松本俊彦　54歳　男性

秘密旅ＳＮＳで足がつき

大阪府　河上勝志　49歳　男性

ＳＮＳとは、「ソーシャル（社会的な）・ネットワーキング（つながり）・サービス」のこと。便利。とっても便利だけど、それがあだとなって内緒事がバレてしまうことも。

お土産が内緒の旅行を皆しゃべり

香川県　伊勢八重子　85歳　女性

写メ撮らず心に保存旅日記
埼玉県　岩澤節子　59歳　女性

君と旅笑い話がまた増える
京都府　黒沢哲太　23歳　男性

ちゃらい彼　旅行で頼れること知った
大分県　久米美香　45歳　女性

土産代
旅行代金上回り

愛知県　高須美代子　52歳　女性

すっぴんの心になった女旅

千葉県　宮内みの里　76歳　女性

「すっぴん」＝「化粧をしない、素顔のまま」のこと。ナルホド。そうか。男はつねにすっぴんだから、ちょっと分からなかった。

技巧的なのは、「すっぴんの心」と表現したところ。「すっぴんの心に」なれたのは、気のおけない同性との旅だった。

金持ちの振りした旅に疲れ果て

千葉県　永井しんじ　82歳　男性

インスタじゃなくてココロに映える旅

福島県　堀　卓　46歳　男性

次は何処　夫婦の会話復活す

愛媛県　宇都宮千瑞子　65歳　女性

思い出と体重増やし旅終わる

埼玉県　岩澤節子　59歳　女性

その土地の美味しい物を全制覇

兵庫県　澤下朱子　13歳　女性

やっぱり、若者の作品だったか。そう思ったのは、「全制覇」という用語がいかにも現代的で新鮮であったから。

「食べた、食べた」と笑いながら報告しあう、明るく健康的な中学生同士の会話。弾むような一句。

ガイドブックなぞっただけで終わる旅

千葉県　日下部敦世　女性

旅という単語で見直すとなり町

石川県　西村英樹　59歳　男性

爆買いのカネは天下を回してる

愛知県　山田作二郎　76歳　男性

忘れ物日本の愛で持ち主へ

愛知県　小林珠弓　15歳　女性

凝りすぎでどこかわからぬ旅写真

石川県　牧　亮一　54歳　男性

AIに旅の醍醐味わかるまい

千葉県　小出　蓮　22歳　男性

風無情　ニートに続く冬の旅

岐阜県　加藤友三郎　82歳　男性

新幹線横目に消える寝台車

千葉県　志田則保　76歳　男性

名刺には旅人と刷る定年後

神奈川県　内藤保幸　69歳　男性

老夫婦旅先々の忘れ物

広島県　宍戸元信　85歳　男性

「旅先々の忘れ物」とは何だろう？　立ち寄った観光地で傘を忘れた。どこかにお土産を忘れたかも知れない。そんな具体的な忘れ物を思い浮かべるのもよいが、ここは「抒情」と捉えたいところだ。例えば、言うべき一言だったり、刻むべき風景だったり……。

旅人は一日九里歩いてた

福井県　山下　博　72歳　男性

ポケットに
旅の名残りの箸袋

千葉県　中山由利子　女性

とん吉

楽しかった旅終点は我家です

神奈川県　常保恵美子　80歳　女性

温泉旅行　我が家の風呂で疲れとる

千葉県　渕野嘉子　78歳　女性

文豪の足跡辿る終の旅

千葉県　三浦芳子　91歳　女性

人生は粋な出会いが待つ旅路

東京都　小山一湖　81歳　男性

あとがき

こういう本を創りたかった!!

この本は、「旅の楽しさ」と「川柳の楽しさ」を併せ持っております。

いわば、「旅情」と「詩情」のコラボレーションです。

旅は楽しい!

川柳も楽しい!

そんな二つの楽しさを、コラボしてみました。

コラボした楽しさを、どうぞ本著で味わって下さい。

お陰さまで、楽しい・愉しい本をつくることが出来ました。いま、そんな満足感に浸っております。

じつは著者。数年前から右なる構想を温めていたのです。今回こうした形で結実して、著者自身が大変喜んでいるところです。

日本旅のペンクラブ主催の「旅の日」川柳へご応募いただいた皆さん。有難うございました。

川柳誌『ぬかる道』にご参加いただいている東葛川柳会の皆さん。ご協力、有難うございます。

皆さまのお陰で、よい本が出来上がりました。

そう自負いたしております。


さて、本著。

本著は、大きく分けて、二筋の流れにある川柳作品群をまとめたものです。二筋の流れにある作品群。それらを四つの章に立て分け、再構成して編集をしました。

「二筋の流れ」とは、何でしょうか?

まずは、日本旅のペンクラブ主催の「旅の日」川柳に寄せられた作品群（日本旅のペンクラブ（通称「旅ペン」）については、巻末の解説をご参照ください）。

「旅の日」川柳は公募をしております。「公募川柳」と呼ばれる種類の一つです。

「旅の日」川柳への投稿は、毎年一月～三月にかけて広く呼びかけられ、一次選・二次選を経て、大賞をはじめとする優秀作品が表彰されます。松尾芭蕉が「おくのほそみち」に旅立ったとされる「旅の日」（新暦五月十六日）に、表彰式は行われます。その選者を、著者・江畑哲男が務めております。

その「旅の日」川柳のイベントも、一〇回を数えました。応募数は昨年ついに一万句を超え（一万三九六六句）、地域的にも北は稚内～南は屋久島まで、年齢は十二歳～九〇歳にまで及んでおります。若者の応募が多いのも「旅の日」川柳の特徴です。中学生・高校生の応募者は、三七校、三四二五名に達しました。若者の活字離れが危惧されるなか、この数字は注目に値します。

こうした「公募川柳」に参加する皆さんは、その多くが既存の川柳界の外側におられます。著者の立場（川柳人）から申せば残念なことに、句会や川柳雑誌とは違う舞台で活動しておられるようです。

もう一方に、日ごろから川柳を趣味とする皆さんがおられます。川柳人とか、川柳作家とか呼ばれています。この方々は、毎月数カ所の川柳句会に参加し、川柳の専門誌に投句しています。川柳を作るのが何よりの生き甲斐で、多くは川柳の結社に所属して、日常的に作品を発表し、川柳を楽しんでおられるのです。

一概には言えませんが、前者の「公募川柳」投稿者は発想力に優れています。あっと驚くような発想を披露してくれます。後者の川柳人は、日ごろの鍛錬の成果もあってか、表現が巧みです。磨きあげた川柳をつくります。

こうした二筋の流れ、双方の流れを合流させたのが本著です。双方の長所を活かし、合体させて、再構成いたしました。どちらが本筋の流れか?、などという野暮なことは申しません。どちらも川柳愛に溢れる人たちの作品だと信ずるからです。

本著・「旅の日川柳」を編むにあたって、心がけたことが二つありました。

大衆性と**文芸性**、この二つです。

すなわち、読者の共感を呼ぶこと(＝大衆性)。さらには、作品として磨かれていること(＝文芸性)。以上二点を、選句にあたっては考慮いたしました。

何と言っても、川柳は「共感力」が命です。

「うんうん」、「分かる分かる」、「ナルホドねぇ」。こうした共感の声が作品を読むそばから洩れ聞こえてくる、そんな川柳を選びました。テーマが「旅」ですので、なおさら「共感力」が求められる。そう思ったのです。

もう一点は、文芸性。巷間、川柳を口汚い罵詈雑言や底の浅い親父ギャグと勘違いする向きがあります。著者に言わせれば、お門違いも甚だしい。川柳はレッキとした文芸です。当然そこには、抒情性や一定の品位が求められます。一過性のギャグではない、上質のユーモア作品をつくるのは至難の業。親しみやすくて軽い句ほど、じつは大変難しい。容易ではないのです。

本著の出版にあたっては、日本旅のペンクラブ（代表・中尾隆之）のスタッフに、特段のお世話になりました。記して、御礼申し上げます。有難うございました。

仕事でお忙しい方も、身体的に旅に出られない方も、「旅の日川柳」を手にとってください。お楽しみくださるようお願い申し上げて、あとがきに代えさせていただきます。

平成三〇年十二月

江畑　哲男

本書は、「日本旅のペンクラブ」発行『旅びと』誌で募集した「旅の日」川柳入賞作品、及び川柳誌『ぬかる道』（東葛川柳会発行）掲載作品から構成したものです。なお、作者の年齢は作品を投句したときの年齢です。

日本旅のペンクラブとは

日本旅のペンクラブは、旅を愛する旅行ジャーナリスト、ライター、作家、随筆家、詩人、歌人、俳人、写真家、画家、建築家、学者などが集まり、お互いの交流を深めるとともに、旅の文化を考えることを目的として、昭和37年(1962)6月28日に設立されました。以来、取材例会、セミナー、観光振興への提言など、様々な活動を続けております。

「旅の日」とは

「旅の日」は、ともすれば忘れがちな旅の心を、そして旅人とは何かという思索を改めて問いかけることを目的に1988年に日本旅のペンクラブが提唱し誕生しました。松尾芭蕉が「おくのほそみち」に旅立った日とされる新暦5月16日を「旅の日」と定め、さまざまな活動を行っています。

この日は、旅を愛する人々が集い、歓談しながら、日本人の旅行観や旅行関連業界の将来、観光サービスのあり方など〝旅〟について考える好機と考えています。「旅の日」に当たっては、毎年、「日本旅のペンクラブ賞」を選定、贈呈式を行っています。

江畑　哲男（えばた・てつお）

昭和27年（1952）12月６日生まれ。東京都足立区で育つ。
昭和50年（1975）３月　早稲田大学教育学部国語国文科卒
昭和50年（1975）４月　千葉県立野田高校教諭（国語）
昭和54年（1979）頃〜　川柳を趣味とするようになる。
昭和62年（1987）10月　東葛川柳会（初代代表・今川乱魚）創立
平成14年（2002）４月　東葛川柳会の第二代代表に就任
平成25年（2013）３月　千葉県立東葛飾高校を最後に定年退職
平成31年（2019）現在　流通経済大学付属柏高校講師
＜現在＞
東葛川柳会代表、（一社）全日本川柳協会副理事長、獨協大学オープンカレッジ講師、ＮＨＫちばＦＭ「ひるどき川柳」選者、早稲田大学国語教育学会会員、ほか。
＜主な著書＞
川柳句文集『ぐりんてぃー』（教育出版社2000年）、『川柳＆エッセイ アイらぶ日本語』（学事出版2011年）、『近くて近い台湾と日本　日台交流川柳句集』（共編、新葉館出版2014年）、『よい句をつくるための川柳文法力』（新葉館出版2017年）、共著『はじめての五七五　俳句・川柳 上達のポイント』（メイツ出版2017年）など。

旅の日川柳（たびのひせんりゅう）

2019年3月10日　第1刷発行

編著者　江畑　哲男
装　幀　片岡　忠彦
挿　画　小笠原　徹
発行者　飯塚　行男
発行所　株式会社 飯塚書店
〒112-0002　東京都文京区小石川5-16-4
TEL 03-3815-3805　FAX 03-3815-3810
http://izbooks.co.jp
印刷・製本　シナノパブリッシングプレス
　ISBN978-4-7522-4016-7　Printed in Japan

十七音の詩　フォト川柳への誘い

川柳と写真のコラボレーション

川柳作家活動六十年に及ぶ著者、選りすぐりの自作川柳五五句とその句の解釈を広げるイメージ写真、さらに句に関わる軽妙なコラムを見開きオールカラーで展開します。川柳の可能性と魅力を堪能して下さい。

田口麦彦著

定価1500円（税別）

四六判並製　128 頁
発行：2009/11
ISBN978-4-7522-4009-9

アート川柳への誘い

川柳VSアート…
果たして何が生まれるか？

前作『フォト川柳への誘い』からパワーアップして、写真だけにとどまらず古今東西のあらゆる芸術とのコラボレーション作品集。自作五二句と名作芸術さらに巧妙なコラムがオールカラーで鮮やかに激突します。

田口麦彦著

定価1500円（税別）

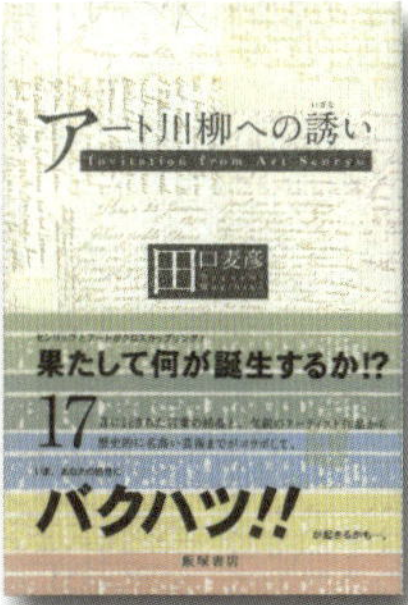

四六判並製　112 頁
発行：2011/06
ISBN978-4-7522-4010-5

スポーツ川柳

川柳でスポーツをもっと楽しく

スポーツをテーマにした川柳を集めました。川柳ならではのユーモアと穿ちに満ちた作品ばかりで、スポーツ観戦もさらに楽しくなります。

編集部編

定価1000円（税別）

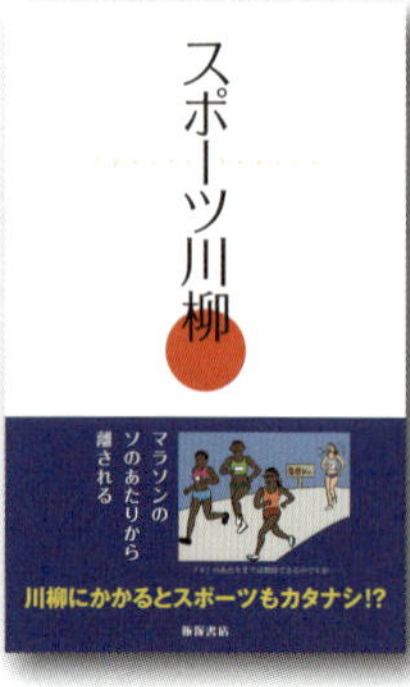

四六判並製　128頁
発行：2017/08
ISBN978-4-7522-4014-3

現代川柳のバイブル　名句一〇〇〇

魅力ある川柳を存分に味わえる

駄洒落、言葉遊びだけに終わらない「文学作品」としての川柳作品ベスト１０００を川柳作家として数々の受賞を誇る元産経新聞記者が、鋭い眼力で選び抜きました。

黒川孤遊著

定価1300円（税別）

四六判並製　184頁
発行：2013/12
ISBN978-4-7522-4012-9

楽しみながら上手くなる 穴埋め 川柳練習帳

クイズを解いて気がつけば達人

川柳の秀句を例題に、キーワード・句を埋め字していくだけで自然と川柳が上達する本。クイズを解く楽しみと上達の喜びを同時に手に入れることができます。答えは詳細に解説したので充分に納得がいきます。

田口麦彦著

定価1600円（税別）

四六判並製　240 頁
発行：2005/02
ISBN978-4-7522-4006-8

川柳表現辞典

川柳実作者の方々に

数年の歳月を費やして現代川柳三〇万句の作品より六九二七句を選び、作品中のキーワード、新語・流行語・外来語も含めて一五四二語の見出し項目を上げて、現代川柳の心と表現方法・技術を分かりやすく説明した。

田口麦彦編著

定価3400円（税別）

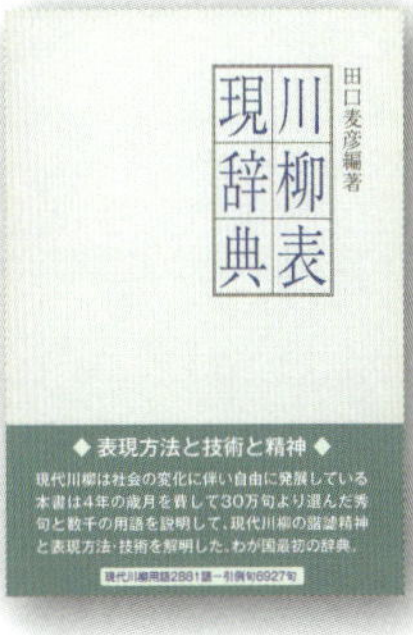

四六判箱入り　320 頁
発行：1999/10
ISBN978-4-7522-4005-1

飯塚書店刊行川柳書